너는 바람 나는 나무

너는 바람 나는 나무

2025년 1월 17일 제 1판 인쇄 발행

지 은 이 ｜ 박용구
펴 낸 이 ｜ 박종래
펴 낸 곳 ｜ 도서출판 명성서림

등록번호 ｜ 301-2014-013
주　　소 ｜ 04625 서울시 중구 필동로 6 (2, 3층)
대표전화 ｜ 02)2277-2800
팩　　스 ｜ 02)2277-8945
이 메 일 ｜ msprint8944@naver.com

값 15,000원
ISBN 979-11-94200-59-8

박용구 세 번째 시집

너는 바람 나는 나무

도서
출판 명성서림

시인의 말

　나무와 함께 생활한지 한 평생 '너는 바람 나는 나무'라는 세 번째 시집을 내게 되었다. 나무와 같이 살았고 나무가 살고 있는 산속을 누비며 한 갑자를 보냈다. 산은 내 집과 같고 나무는 내 친구들이 되었다. 숲은 그저 산림자원으로서의 역할뿐만 아니라 사람들이 생각하고 느끼는 인문학의 장으로 변신했으며 숲이 문학을 잉태하여 산림문학이 태어나게 되었다.

　숲속에 자라는 나무 하나하나의 모습에서 우리 인간의 삶을 관조하게 되고 숲속에 있는 수많은 나무와 꽃들이 속삭이는 대화가 귀에 들려 시가 되었다.

　시를 쓰는 작업이 어렵고 서툴지만 그래도 나무의 이야기를 시로 적어나가는 일에 큰 즐거움을 느끼며 이 일을 계속하고 있다. 이제 적지 않은 나이지만 주변의 가까운 산들을 쉬지 않고 오르내리며 살아가고 있다.

제3집에는 숲과 나무에 대한 자연의 노래를 담았다. 이 글을 읽고 같은 느낌을 가질 수 있는 독자가 있다면 그보다 큰 기쁨은 없을 것이다

이 책을 내기 위해 도와준 '송맥회' 제자들과 '숲과 문화반' 동료 여러분들 특히 처음부터 끝까지 교정을 봐주신 박명희, 김주영 두 선생님께도 고마운 마음을 보낸다. 바쁘신 가운데 추천서를 써 주신 이서연 시인님과 이 책을 맡아 출판해 주신 명성출판사 박종래 대표님께도 감사의 말씀을 전한다.

2025. 1.

지산芝山 박용구朴龍求

추천사

　숲과 나무를 자신의 몸처럼 연구하며 그 속에서 영감을 받아 쓴 시집이 또 하나 나왔다. 평생 나무와 자연을 연구한 학자로서 자연의 아름다움과 신비를 담아 우리 마음 깊은 곳에 잠재된 감정을 일깨워주는 박용구 시인의 3번째 시집 출간을 축하드린다. 이번에도 이 시집을 읽는 독자들은 잊고 지내던 자연의 소중함, 나무와의 속삭임이 주는 즐거움을 깨닫게 될 것이라 본다.

　박용구 시인은 고려대에서 임학을 전공하고 산림청 임목육종 연구소 연구관으로 숲 짓는 사람이 되었고, 경북대학교 임학과에서 30년 동안 숲과 나무를 강의하셨으며 지금은 명예교수로 계신 분이다. 2018년《한비문학》에 시로 등단 후 시향을 일구며, 다도에 심취해 다향을 깊이 빚어가는 분이다.

　그는 산림분야에서는 잘 알려진 임학자이며, 산림문학계에서도 인정하는 시인이다. 산림문학인들은 자연을 통해 인간 존재와 삶의 의미에 대한 깊은 철학적 성찰과 깨달음을 작품에 담음과 동시에 인간과 자연이 어떻게 조화롭게 공존할 수 있는지에 대해 탐구하고, 이를 문학적으로 표현하여 독자들과 소통하고, 자연과 환경에 대한 이해와 사랑을 나누고자 한다.

  박용구 시인은 학자로서 나무와 숲의 생태를 연구하고, 문인으로서 그 자연의 속삭임과 나무의 숨결에 늘 마음을 기울여 왔다. 따라서 이 시집은 단순한 자연 찬양을 넘어, 자연과 인간의 깊은 연결고리를 탐구하고, 우리의 삶 속에서 자연이 가지는 의미를 돌아보게 한다. 그런 까닭에 저자의 깊은 성찰과 따뜻한 시선이 담긴 이 시집은 독자들에게 큰 울림과 감동을 선사할 것이다.

  숲과 나무, 그리고 자연을 사랑하고 그 생태적 원리에서 얻은 삶의 지혜가 필요한 이들과 자연을 소재로 작품을 쓰는 이들에게 이 시집을 추천한다. 마음의 휴식이 필요하거나, 자연 속에서 새로운 깨달음을 얻고 싶은 분들도 꼭 읽어보시길 권해드린다. 이 시집은 분명 복잡한 세상을 바쁘게 살아가는 일상에 특별한 감동과 평화를 선물할 것이다.

시인 이서연

CONTENTS

1부 ◆ 황금빛 추억

2부 ◆ 차 한 잔 앞에 놓고

C ONTENTS

3부 ◆ 너는 바람 나는 나무

4부 ◆ 파도야 파도야 푸른 파도야

CONTENTS

5부 ◆ 코스모스를 노래하는 님에게

1부

황금빛 추억

하늘에 조각구름
노오란 은행잎
한 잎 두 잎
떨어져
황금빛
추억도 함께
쌓인다

봄은 병아리

봄을 맞이한다는 꽃 영춘화
노랗게 피어 봄을 일찍 알리는 꽃
개나리라고 하는 사람도 있다

중국 남쪽에서 우리나라에 들어와
추운 겨울 지나고 꽃을 피우느라고
이만저만 고생이 아니다

'자스민'이라고 하면
누구나 아~하 하며
금방 아는 꽃

향기도 있고 품종도 많아
아열대 파키스탄
곳곳에 심겨진 그 나라꽃이다

봄날 일찍 핀 꽃은 복수초
그에 못지않게 일찍 피는 영춘화
그 뒤를 이어 매화 산수유 생강나무 꽃이 핀다

매화만 뒤로 하면
꽃 색깔이 모두 노랗고 노란색
봄은 노오란 병아리다

pyg

불새

마당 한구석에
타오르는 불새
푸른 하늘로 날아오른다

통한의 일제 강점기
나라사랑 민족정기
독립의 혼 무궁화

영원불변 무궁무진
한민족 불굴정신
사랑스런 우리의 꽃

고려시대 이규보
조선의 남궁억
한없는 나라사랑 애국정신 더 높아

삼천리 곳곳에 무궁무진 피어나
귀중한 나라꽃
무궁화가 되었다

17

비파

담장옆에 심어 놓은
비파나무
백목련을 닮은
손바닥처럼 큰 잎들이
푸른 오월의 맑은 햇살을 받아
즐거운 춤을 추고 있다

비도 적고 무지 춥고 더운
대구로 시집온 지 7년째
작년 겨울에 핀 꽃들이 작은 열매를 맺더니
어느새 노란 색으로 반짝이는
황금알이 되었다

척박한 토양에 뿌리를 내리고
한겨울 추위를 이겨내고
거친 숨 몰아쉬며 살아온 지난날
이제 진노랑 열매를 맺어
보란 듯이
내 앞에 당당하게 섰다

사랑스럽고 앙증맞은 열매 속에
견디고 참고 인내한 보람이
소복이 담겼다

기도

두손 모은 보살님의
간절한 소원이
각황매
향기 속에
녹아 내린다

능소화凌霄花

이름도 희한한 능소화
아무리 화려하고 아름답기로
어찌 하늘을 능가할 수 있을까
이름이 너무 잘난 탓인가
욕심내는 인간들이 많다 보니
쓰러져가는 집 담장에도 피어 있고
새로 지은 집 마당에도
높은 빌딩 벽면도
키 큰 소나무 위에도 매달려 있다
꽃 색깔도 이색적인 능소화
잠 이루지 못해
뒤척이는 여름밤이여

다정큼나무

눈부신 5월 어느 날
도심 한복판 도롯가 화단
흰나비가 떼로 내려와 앉아 있다

작은 키 하얀 꽃이 핀
반짝이는 잎에는 윤기가 흐르고
따뜻한 남쪽 바닷가가 고향인
이름도 예쁜 다정큼나무란다

정이 많다고 하여 붙여진 이름일까
정을 그만큼만 주고받으라는 의미일까
초록이 아름다운 5월의 태양 아래
환희와 행복의 메시지를 보내온
무리하지 말고 그만큼만 하라는
너를 만났다

목공자 木公子

누구의 환생인가

육백 년의 긴 세월
용트림하며
하늘로 오르려는
네 모습이 하도 장해
하루 종일
부처님께

누구의 환생인가
여쭙고 여쭙는다

pyg

27

왕산 소나무

높고 크지는 않지만
왕산이라 이름 붙었다
왕건의 애달픈 패전의 땅
무태 지묘 실왕리 반야월 안심
강 건너 앞산엔
은적사 안일사
싸움에서 졌지만
온통
그대 이름으로 도배된
달구벌

밑동에 난 상처 추슬러
푸르른 창공을 향해
두 손을 흔드는
왕산의 소나무처럼
우리는 오늘도 왕건과 함께
살아가고 있다

abh

절개

추운 겨울이 오면
더욱 빛나는
푸른 너의 모습
설송雪松이라 하였던가

오늘따라
가지마다
하얀 눈옷 입으니
신선이 되었구나

산천이 눈에 덮여
순백 세상 되었으니
미움도 걱정도 내려놓고
너처럼 살리라

주목

살아 천년
죽어 천년
무슨 사연 있기에
속은 어찌 그리 붉었나
그리운 님
보고픈 마음
속 끓음인가

함박꽃나무

이름값을 한다는 말이 있다
이 꽃이야말로 그런 꽃이다
함박이
이름 앞에 붙으면
좋지 않은 것이 없다
함박웃음이 그렇고
함박눈
함박조개
함박살
함박만큼 하면
넉넉하고 탐스럽다
함박이 꽃 앞에 붙어
함박꽃이 되면
종갓집 큰 며느리 품처럼
한없이 넓고 풍성해 보이는 꽃이 된다

lcm

운문사 은행나무

오래도 살았다
삼백오십 년
세상의 모든 풍파
눈과 귀로
보고 들었다
이제는 황금가사를 벗고
차가운 바람 부는 광야에 서서
중생의 고통을 함께할 시간이다

황금빛 추억

쪽빛 가을 하늘
북대암 선바위
노오란 은행잎
한 잎 두 잎
떨어져
황금빛
내 추억도 함께
쌓인다

pyg

안개비 매화

꽃잎에 매달린
마알간 빗방울
애처롭게 속삭이는
사랑 이야기

반쯤 입 벌린
화려함이여
내 가슴 저미는
애절함이여

초록의 반란

내 두 팔
하늘 향해 뻗고
신비스런 광채
황홀하게 아름다운
태양을 향해
한발짝 더 가까이 다가가고 싶다

그런데 어쩌랴
전기줄 끊어진다
간판이 보이지 않는다
열매에서
냄새가 난다
내 팔을 싹둑싹둑 잘라버렸다

아프다고
소리치고 발버둥치고
알아차리도록
가는 바람결에 두 팔
힘껏 흔드는데도
듣지도 보지도 않는다

척박한 땅에서 삼십 년이 넘은 세월
참고 견디며 이만큼 자라
아름답고 풍요로운
녹색 세상을 만들어 주었는데
대접은 고사하고 작살을 당하고 있으니
억울하고 억울할 뿐이다

베풀어 주는 은사인 줄도 모르고
웬일로 우리들에게
이렇게 무자비하단 말이냐
언젠가 초록민족들에게
뭇매를 맞는 날이 오게 되면
인간 족속도 만사 끝장이다

푸른색 잃어버린 산천
회색빛 스모그로 뒤덮인 도시
사라진 녹색 황망한 들판
초록별 지구는
자생능력 잃어버린
우주 고아가 되고 말 것이다

풍요로움의 모든 것
초록민족들이 만든 세상

마시는 산소
어디에서 나왔으며
탄산가스 쓰레기
누가 치워 주고 있는지 알고 있지

초록민족이 없는 곳에는
단 일 분 일 초도 살아갈 수 없는
무능력 무기력한 족속이여
지속가능한 삶을 위하여
빈사상태가 다 된 초록민족들을
좀 더 정성스레 모셔야 한다

하느님은
스모그 미세먼지 황사 태풍 지진...
환경 메시지를 끊임없이 내보내고 있는데도
인간이란 족속들은 알아차리지 못하니
이제 지구 열대화로
마지막 경고를 하고 있다

시간이 얼마 남아있지 않다고 하는데도
아무 대책도 없는 너희
만물의 영장이 맞는지
푸르고 건강한 사지를 마음대로 뻗어

태양을 향해 더 가까이 갈 수 있도록
그냥 둘 수는 없느냐

부디 새 봄에는 내 몸뚱이에
낫과 톱을 휘두르지 말아다오
나도 너도
세 들어 살고 있는
이 아름다운 초록별 지구를
다 함께 지켜나가야 할 것 아니겠느냐

소나무의 이상 개화

마당에 심어진지 20여 년 된 소나무가 자라고 있다. 올해는 소나무 꽃이 예년과 다른 모습이다. 새순이 길게 올라오고 암꽃은 위쪽에 수십 개가 달려 있으나 수꽃은 거의 보이지 않는다. 원래 소나무 암꽃은 새순 위에 한 개나 두 개가 달리고 바로 아래에 수꽃이 다닥다닥 붙어서 핀다. 올해 소나무 꽃은 예년과 전혀 다른 모습이다. 수꽃은 거의 없고 암꽃만 수십 개씩 달려있다. 사람으로 치면 여자만 있고 남자는 하나도 없는 모양이 된 것이다. 이래가지고는 소나무 종자가 생길 수 없다. 소나무에 무슨 문제가 생긴 것일까? 성적으로 이상현상을 일으킨 것인가? 성적인 퇴화인가? 올해만 저랬다가 내년에는 괜찮아질는지? 지속되는 기후위기로 지구가 자정능력을 잃은 것인가? 비오는 날 아침, 이층 창문가에 앉아 소나무 꽃을 바라보는 마음이 암담하기만 하다.

pyg

2부
차 한 잔
앞에 놓고

따스한 골바람
살찐 우전 찻잎
차상 위에 차 한 잔

향긋한 차향
삼라만상 백팔번뇌
혀끝에서 사라진다

감로백차

차실에 혼자 앉아
두 찻잔 앞에 놓고

감로백차 우려내어

한 잔을 들어 혀끝에 굴려
차 맛을 보고
다른 잔
그대 마음도 함께 마신다

우전차

따스한 골바람
살찐 우전찻잎
찻상 위에 차 한 잔

향긋한 차향
삼라만상 백팔번뇌
혀끝에서 사라진다

차수茶壽

차를 마시면
건강하게 오래 산다는데
차수라고 함은
108세라

노스님 한 말씀
여러분 극락과 지옥 중
어느 곳에 가고 싶습니까?
모두 극락 가겠다고 손을 들었다

그렇게 원하는 극락에
오늘 가겠다는 사람 손을 들어보세요
아무도
손을 들지 않았다

"그렇습니다. 우리에게 가장 좋은 것은
이 세상에 있는 오늘입니다
과거는 이미 물 건너갔고 미래는 아직 오지 않고 있습니다."
노스님 말씀

오직 우리가 가질 수 있는 것은 현재밖에 없다
즐겁고 건강하게 살아가야 한다

차를 마시면
건강하게 차수까지 문제없다

소담한 찻상
정갈함에 정담이 있어 좋다
이목의 차삼차茶三茶 경신輕身, 소아掃痾, 위민慰悶
오심지차吾心之茶 마음속에 새긴다

노동盧仝의 칠완다가七碗茶歌
첫째 잔 목과 입술이 부드러워지고
일곱째 잔 양 겨드랑이에서 솔솔 맑은 바람이 나오니
신선놀음이 따로 없다

차를 마시면 건강하게 오래 산다고
선인들이 한 말씀
우리 모두 굳게 믿고
차생활 진력하여 차수를 누려보세

pyg

청도온차淸道溫茶

청도하면 반시만 있는 줄 알았는데
온차라니
의아해하는 사람들이 많다

온막리 찻잎 따서
정성들여 선별하고 덖고 유념하길
여러 번 반복한 다음 홍배한 청도온차

사십 년 이어온 영남차회 차 명인들
오랜 세월 갈고 닦은 제다 기량
귀한 온차 태어났다

다관에 한 줌 넣고 송풍수로 우려내니
한 줄기 푸른 차향
세속의 묵은 때를 말끔하게 씻어 준다

화개작설차

화개 골바람
쌍계사를 감싸안고
시배지 푸른 차밭
작설을 만나
내 마음
찻잔에 고이 담아
고운님께 보내노니
코끝을 스치는 작설차 향
초의와 함께하네

pyg

봄맞이

새 봄을 맞으러 앞산에 갔다
아직 잎 떨군 나목의 숲
텅 빈 산속 여기저기에
노오란 별사탕같은
생강나무 꽃
이미
산속에도 나무에도 우리 마음속에도
요정의 축제가 시작되었다

pyg

abh

불사초

신라 천년의 꿈 속
경주 남산 자락길 옆
울울창창 소나무
그 아래 허전한 빈터를
불사초 맥문동아
어쩌자고 온통
황홀한 보랏빛
보랏빛으로 뒤덮고 있느냐

상사화

상사병으로 죽은 총각 상여
황진이 집 앞에서 꿈쩍도 않으니
속적삼을 벗어 얹어
저승길 곱게 보내 주고

기생되어 혼자 살겠다던
절세미인 황진이는
명월을 우습게 알던
벽계수
말고삐를 잡고 부른
"청산리靑山裏 벽계수碧溪水야 수이 감을 자랑마라"
노래 소리
봄눈 녹듯 한숨에 갔다 한다

잘 났다고 허풍 떠는 뭇 사내들 치마폭에 감쌌지만
비에 젖은 요염한 명월이도
고고한 서경덕
그 애를 끊지 못하여서
큰절 올리고 제자 되었다니
송도삼절 화담이 아니더냐

미인단명
불혹에 스러진 명월
죽어서도 외로우면 못 산다고
뭇 사내들이 다니는
개성 길가에 묻혔으니
상사화 여기에 피어
명월 넋을 쓰다듬네

pyg

쇠채아재비

꽃보다 열매가 더 아름다운 쇠채아재비
서양에서 들어온 도입 초본식물이란다
향토종인 쇠채와는 달리
열매가 꽃보다 더 크고 탐스럽다

오뉴월에 꽃이 피고
칠월에 열매가 익는다고 하는데
꽃과 열매가 함께 달려 있는 것은
흔치 않은 일이다

칠월에 익는다는 열매가
한 달이나 앞서 나온 것은
아무래도 본심을 잃어버린
지구환경 탓일 거다

생산. 소비, 환원의 고리가
망가진 지구
이미 자정능력을 잃어버린
고장난 행성이 되고 말았나

쇠채아재비 꽃과 열매를 바라보면서
엉뚱하게도 지구의 멸망을
걱정하고 있는 것은
혼자만의 기우이길 바랄 뿐이다

아메리칸블루

작은 마당 한 귀퉁이에
하늘색 꽃이 피었다
작지만 앙증맞은 꽃
파아란 이국 소녀의 눈동자처럼
예쁘고 아름다워
하늘 나는 비둘기도 함께 웃는다

산

산맥은 근육이고
표토는 피부이며
계곡은 실핏줄이고
강은 동맥이다

숲은
계절 따라 색과
디자인이 달라지는
신이 만든
옷이다

산은
초록별을 지켜주는 파수꾼
하늘에 뜬 구름조차
그들의 아름다움에 넋이 나갔다

아~ 푸르른 네 모습이여
숭고한 생명의 근원이여......

lcm

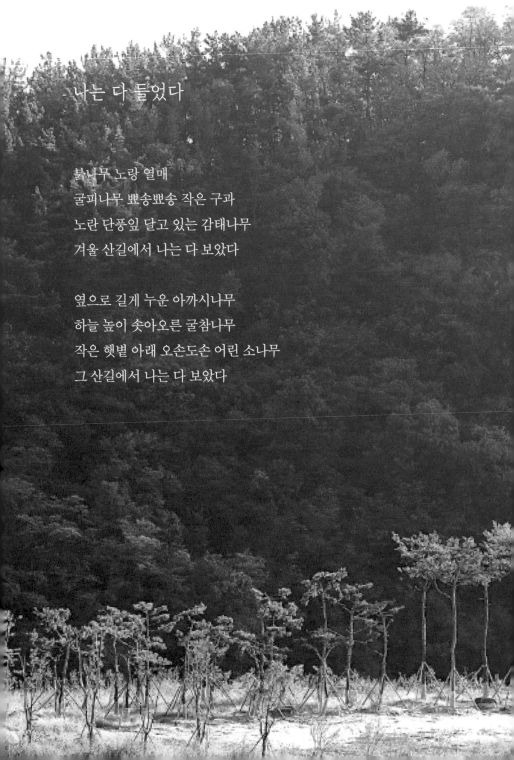

나는 다 들었다

붉나무 노랑 열매
굴피나무 뾰송뾰송 작은 구과
노란 단풍잎 달고 있는 감태나무
겨울 산길에서 나는 다 보았다

옆으로 길게 누운 아까시나무
하늘 높이 솟아오른 굴참나무
작은 햇볕 아래 오손도손 어린 소나무
그 산길에서 나는 다 보았다

아직 입춘 전
숲속은 고요 속에 잠겨 있지만
나무줄기에는 벌써 물오르는 소리
나는 다 들었다

봄꽃들이 필 준비 하느라고
숲속을 가득 채운
소리 없는 아우성
나는 다 들었다

abh

아프리칸릴리

꽃을 보고 우는 사람을 보았소
아름다운 꽃을 보고 눈물 흘리는 사람을 보았소
그것도 저렇게 아름다운 보라색 꽃
아프리칸릴리를 보면서

요하네스거리를 뒤덮은 보라색 꽃
하늘도 청명하고
봄바람 또한 따스한 거리
그러나 거기는 사람들이 사는 곳이 아니었습니다

잘 사는 사람들 집에 들어가기 위해서
몇 개의 문에 열쇠를 꽂았다 빼었던가
거리에는
초점 없는 눈동자
중심을 잡지 못해 흔들거리는
검은 피부색 사람들
얼핏 보아도 이삼일을 굶주렸을 것같은
지하철 안에서도 그냥 가방에 손이 들어와
물건을 가져가는 사람들
그들은 이미 도둑이 아니었습니다

진작 삶을 포기한 사람들의 군상
숨이 막혀 삶에 대한 의미를 상실하고 말았습니다

아름다운 보라색 아프리칸릴리
구근을 얻어와
마당 귀퉁이에 심었습니다
햇볕 잘 받고 물을 주어 보살피니
그 화사한 보라색 꽃이
환하게 핀 봄날
그 꽃을 보고 있는 나의 눈에서는
어쩌자고
하염없이 눈물만 흐르는지 알 수 없었습니다

pyg

abh

사랑의 길

대학 캠퍼스 나무들은
행복하다
크고 싶은 대로 크고
뻗고 싶은 대로 뻗어
생긴 대로 자란다

키는 하늘로 솟아오르고
가지는 사방을 가리지 않고
드디어 길 양쪽의
나무들이 손을 맞잡아
숲 터널을 만들었다

러브로드
그 아름답고 향기로운
플라타너스 길
오늘도 거기에
청춘이 머물고
사랑이 속살거린다

오월의 숲

온 산에 가득한 신록은
청순한 청춘의 색깔
아카시아 꽃 지고
굴참나무의 초록잎들
오월의 산바람을 받으면
산은 온통 하얀 성이 된다

오월 훈풍에
쪽동백 때죽나무 실버벨 소리
계곡 건너 고개 넘어
땀 흘리며 올라온
하얀 성 오월의 산은
이미 산새들의 사랑의 성이 되고 말았다

abh

입춘

봄이 온다는 입춘날
홍매가 피었다는 소식에
만사 제쳐 놓고
꽃구경을 나갔다

홍매 꽃봉오리
사~알짝 입술을 열고
봄 내음 풍기는데
동지섣달 얼은 몸이 솜털처럼 가볍다

일찍 핀 홍매 송이
세상을 환하게 비춰주니
꽁꽁 언 온 산천
다 함께 춤을 춘다

3부

너는 바람
나는 나무

고개 마루 백 리 긴 골
나무들이 춤을 추는
골바람이 분다

망월사

천강에 물마다 달빛 비추고
대웅전 삼층석탑 불심이 가득한데
청정한 법신은 헤아릴 수 가히 없네

dongjin

법룡사 가는 길

싱그러운 오월의 신록
초록빛 호수에 담겼고
흰 구름 사이
푸른 하늘
비취처럼 빛난다

산자락 올레길에
향기마저 떨어져 내린
아카시아 꽃길을
망구의 할배가
추억처럼 걷는다

1cm

풍경風磬

천년 고찰 추녀 끝
풍경은 다르다
생김새도 다르고
소리도 다르고
울림도 다르다

산바람에 흔들린 풍경 소리
소원은 오직 한 가지
사바세계
정토되기 바라는
부처님 말씀

jyg

pyg

상락원

최정산 줄기 뻗어 가창댐에 이르고
헐티재 굽이돌아 절경을 이루었네
호숫가 거목은 천년을 품었고
앞산 떡갈나무 가을 색이 짙어졌네

명연스님 밝은 얼굴 상락을 닮았고
창밖 세상 속세 부침 가득한데
사리자 물음에 부처님이 답을 하듯
반야심경 깊은 뜻을 일거에 설해주네

좌선

시방루十方樓 황금지붕 부처님 마음 같고
단아한 대웅전 하늘로 나래 펴니
도휘스님 좌선 말씀 솔숲으로 스미어
눈 내리는 산사에 염화미소 번진다

pyg

산사의 봄

한겨울 핀 매화 송이 봄소식 전해주니
동풍에 묻어오는 암향에 노옹이 취했구나
먼 산 잔설도 삼일 후 녹고 나면
온 산천에 꽃잔치 벌이겠네

abh

청계사 가는 날

미리 잡아 놓은 날인데
날씨가 묘하다
겨울에서 봄으로 넘어가는 자락에
빗방울이 내리긴 하나
비인지 안개인저
바람이 불어오지만
겨울의 설한풍도 아니고
봄바람 숨결 숨어있는 춘풍도 아니다
춥기는 하지만 엄동설한 같지 않고
여전히 봄은 멀지만
몸은 이미 봄을 맞이한 듯
두껍게 껴입은 겨울옷을 밀어낸다
묘한 기운 서린
짜아한 안개비 내리는 날
감사하고 기쁜 마음으로
우리는 청계사
비탈길을 오르고 있다

사랑과 화합

우뚝 솟은 보현산
흐르는 냇물 자비롭고
배산임수
우진각 자천예배당
백 년 역사 고스란히 전해주네

칠대 종단 기념식수
에큐메니즘 반송 한 그루
그 뜻이 아름답고
동서 문화 다독거려
남녀부동석 예배당
조상님 뜻 새겨주네

하나님을 위해 공동체를 위해
우뚝 선 굳건한 종탑
창공을 울리던 교회 종소리
세월이 가고 인정은 흘러도
마음속에 공명하네

천연기념물 자천 오리장숲
향산거사香山居士 장한가
회화나무 느티나무 연리목 되어
평화 화해 협력의 뜻 높이고 높여주네

세계정세는 어지럽고 남북대치 더욱더 심해
뜻있고 의지 있는 종교간 대화모임
오늘 우리 대한민국
"적대행위 중단하라"
"대화채널 복원하라"
"평화 화해 협력 시대 손잡고 함께 가자"
평화 선언문 낭독하고 두 손 모아 기도하네

pyg

사랑의 계절

가을이 깊어 갑니다
무더위 속에 숨죽이고 있던
소리 요정들이
아침저녁으로
가을 노래를 시작합니다
단풍잎 스치는 바람 소리도
뜰아래 우는 귀뚜라미도
더 애가 끓습니다
코스모스 꽃밭을 달려온 가을바람은
수정처럼 차가운
파편이 되고 말았습니다

국립공원 팔공산

이름이 바뀌면
품새도 달라지나
도립이 국립 되니
색감이 달라졌네
비로봉 동쪽 능선
진불암은 숨어있고
팔공폭포 치산계곡
저 산 넘어 한참인데
푸른 하늘 흰 구름만
예처럼 한결같네

1cm

103

너는 바람 나는 나무

바람이 분다
보이지도 잡을 수도 없는
바람이 분다

숲속의 나무들이
너를 맞아
환호성을 지르는

고개 마루 백 리 긴 골
나무들 춤추게 하는
골바람이 분다

언제나
너는 바람
나는 나무다

kch

눈이 오려나

회색빛 하늘
내 마음 같다
올해도 마지막 달
하늘에서 눈이라도
내려서
이 한 해 모든 잘못
새하얀 눈으로 덮어주면
좋겠다

pyg

pyg

첫눈

처음이란
심장을 뛰게 한다
첫눈이 그렇고
첫사랑이 그렇다

처음이란
호기심 많은 동심이다
순백의 천에 그려진 그림처럼
기억 속에 영원하다

한라에 첫눈이 내린 날
우리는 동심으로 돌아갔다
웃음소리 맑고 투명했으며
하는 말들은 달콤했다

계묘년 십일월 십사일
백록담을 하얗게 덮은
첫눈에 반해
마냥 즐겁고 행복한 제주를 사랑했다

겨울산

나는 눈이 오는 겨울이 좋다
한여름 부드러운 숲 옷을 벗고
골리앗의 이두박근보다 우람찬
양팔을 벌려 동과 서를
바로 안았다

나는 정직해 숨기는 것이 없다
아무 거리낌없이 내 속살을 그대로 보여 준다
멀리 가까이 내 몸에 붙어
숨을 쉬며 살아가고 있는 암자들
내가 사랑하는 산사람들

겨울날 새하얀 눈이 내려
온 몸을 백설로 덮어주면
나는 두 눈을 감고
아주 능숙한 솜씨로
깊은 잠에 빠진다

애환을 깨끗이 씻어줄
내 팔과 손을 잡고
젊음을 마음껏 노래하고
남길 것 없이 숨길 것도 없이
어엿한 자세로 미래를 향한다

abh

1cm

사순 기도

깊은 산속 공소에
한 신부님이 살았습니다
새 울고 꽃피는 사순절
하루종일 눈이 내려
마당을 지붕을
그리고 온 산천을 뒤덮었습니다
길도 보이지 않고
나무도 바위도
산도 들도 모두 하얗게
변하고 말았습니다
신부님 마음도 순백처럼 되었습니다
아무도 없는 구름 덮인 하늘에서
"이는 내가 사랑하는 아들,
내 마음에 드는 아들이니 너희는
그의 말을 들어라." 하는 소리가 들렸습니다
신부님은 흰 눈 위에
하느님의 말씀을 새겼습니다

소리 없는 웅변

온 산천에
꽃이
피고
봄이 한창인데
한겨울
고드름이
주렁주렁
매달린
바위 계곡
떡갈나무
단풍잎에
십자가 쪼아
얼음 녹은 물에 띄우며
"무거운 짐 진 너희는 모두 나에게 오라"
"내 멍에는 편하고 내 짐은 가볍다"

조용하게 읊조리는
신부님 기도
소리 없는 웅변으로
겨울 산천 울린다

4부

파도야 파도야
푸른 파도야

어쩌자고 자꾸만 나에게 다가와
몽돌에 새겨놓았던 약속을
이제와 들춰내어 어찌하라고

아침 하늘

아침에 일어나
하늘을 쳐다봅니다
푸른 하늘이
눈 끝 간 데까지 이어집니다

그대 꿈이
내 마음속으로
소리 없이
스미어들어
푸르고 푸른 하늘색으로 바뀌었습니다

pyg

꿈꾸는 둥근 해

수채화 속
창 너머
실루엣
숲

빗방울
얼룩진 유리창
물방울 화가
속마음
외로움이
아이스크림처럼
녹아내린다

감춰 놓은 둥근 해
속살
다독이는
꿈을 꾼다

모슬포

태평양 바다 달려온 세찬 바람
모래가 쌓이고 쌓인 곳
모살게
변하고 변하여서 모슬포가 되었다

산방산 바람 소리
님과 헤어진
나그네 마음처럼
슬픈 포구가 되고 말았다

pyg

목멱산 새소리

서울 남산 숲이 좋다고 하여
초고속 열차 타고 올라갔더니
세속의 흙먼지는 온 산을 뒤덮었고
숲속에 숨 막히는 꾀꼬리 소리만 처량하게 들리네

pyg

청계호반

유월의 청계호수 물 맑고 정갈하니
수면에 비친 청계산 만경대 세상에 제일이네
하늘을 오가는 리프트에 다정한 연인들
외로운 늙은이 한숨이 가득하네

칠월

마음이 답답하세요
하늘 한 번 쳐다보세요

파아란 바탕
펼쳐진 흰구름

안쓰러움 망연함
끝없는 욕망마저 다 녹아

칠월의 하늘은
설원의 캔버스가 되고 맙니다

파도야

파도야 파도야 푸른 파도야
어쩌자고 자꾸만 나에게 다가와
몽돌에 새겨놓은 약속을
이제와 들춰내어 어찌하라고
파도야 파도야 푸른 파도야

pyg

후투티

우리나라 여름철새
우는 소리가 훗, 훗 하여
후투티 이름이 붙었다
삼사월에 새끼 치고
가을에는 남쪽으로 날아가는 철새
추운 겨울날 우리 집 앞마당에
날아 앉은
후투티 한 마리
환경 위기 때문일까
무리에서 떨어져
한겨울 남쪽으로 가지 못한
외로운 너를 보니
초록별은 초록별은 어찌 되려고

흰 눈 내리는 날

봄싹은 자라
큰 나무가 되고
한여름 푸르름 자랑하던
그 나무는
가을 단풍으로 물들었다가
이제는 잎이 다 진 나목이 되었다

나목은 아직도
푸른 잎으로 덮인 줄 알고
용을 쓰지만
이제는 그만
너 자신을 알 만한
나이가 되었다

아까워 버리지 못하고
차곡차곡 쌓아둔
너만의 보물은
이제 아무짝에도 쓸모 없는 것이 되고 말았다
그리 중하게 여긴 열매가 그렇고
아름다운 단풍잎이 그렇다

이제는 다 내려놓고
떠나야 할 시간에 이른 것이다

나목은 그래도
빽빽하게 들어선
화려한 푸른 숲속에
작은 굴뚝새와 다람쥐와 호랑나비와
함께 노니는 꿈을 꾸고 있으니
벌거숭이 나무야
이제는 꿈에서 깨어나
너의 길을 갈 때가 된 것이다

pyg

가을

가을 세상 속으로
들어가면
부처님도 만나고 예수님도 만난다

가을은 석양이요
석양은 바로 추억인데
황혼은 내 영혼을 춤추게 한다

가을속에서 가을이 노래부른다

abh

다리

이어준다는 것
소통하는 것이다
이어준다는 것
사랑하는 것이다
이어준다는 것
꿈을 가지게 하는 것이다
이어준다는 것
다름이 같아지는 것이다
이어준다는 것
나눔이 합쳐지는 것이다
이어준다는 것
너와 내가 하나가 되고
동서남북이 하나가 되고
마침내 마침내
태극의 세계가
열리는 것이다

pyg

산고産苦

무더위가 한창인
도토리 열매 익어가는
팔월 참나무 숲속에
어디선가 사각 사각 소리가 들린다

아직 파아란 도토리 열매에
긴 주둥이로 구멍을 뚫고
그 속에 알을 낳아
가지를 자르고 있는 도토리거위벌레

일 센티도 채 안 되는 작은 몸집이지만
그 몸의 반쯤 되는 가지를 자르는데
혼신의 힘을 다해도
반나절이나 걸린다는데

날카로운 칼로 싹둑
잘라놓은 것 같은
잘린 면에서
어미가 겪는 산고를 본다

비상

한 치의 오차도 없이
맞추어진 렌즈 각도
그 앞에 선 너는
창공을 향해 날아오르는
새가 되고 말았다

네 모습이
이보다 아름다운 적이 있었던가
그대의 안목에
새로운 홍화가
탄생하셨도다

겨울 감기

푹 삭았다가
살아 나왔다
온통 세상은 잿빛으로 물들고
네 작은 육신은
찬바람에 찢긴 낙엽 같았다
이 아픔은
하느님의 은총인 것을
푹 삭았다가 나오니
이제야 알 것 같다

pyg

나목裸木

겨울나무
감출 것 하나 없는
나부裸婦

치장을 하지 않아도
당당하고
아름답다

겨울 찬바람에도
꿋꿋한 네 모습
나도 너 같으면 좋겠다

생각하는 부처가 되어

하늘은 푸르고
공기는 맑고
바람은 시원한
9월의 아침
살아있다는 것을
살아있어야 한다는 것으로
만들기 위해
오늘 하루
생각하는 부처가 되었다

149

5부

코스모스를
노래하는 님에게

결실의 계절이 왔는데도 가슴은 답답하고
숨이 막혀 살 수가 없을 지경이니
정령의 꽃이여!
언제쯤 우리에게 풍요로운 계절을 데리고 오려나

나 홀로

요즈음 갑자기 외롭다

아침에 일어나 하늘을 쳐다보면
왜 하늘이 저리 아름답지
숲 덮인 산을 보면
저 산은 왜 저리 예쁠고
보고 듣는 모든 것이
사랑스럽고 아름다운데

내 마음은 속속들이 더욱더
외로워져야만 하는지

슬픔도 미움도
겨자씨만큼의 외로움도 없는
상락常樂의 나라

상상의 나래는
마지막 끈을 놓고
검푸른 바다로 추락하고 말았다

천하명주 막걸리

텁텁한 술 탁주濁酒
청주를 떠낸 찌꺼기 술 재주滓酒
농사꾼들이 마셨다고 농주農酒
색깔이 희어 백주白酒 모두 막걸리다

농자천하지대본이란
폐기처분 된지 오래전 일
그래도 막걸리만은
농사꾼 후예들 온 백성이 오늘도 마신다

60학번 대학가에도
막걸리가 있었으니
값싼 술, 백성의 술, 민족의 술
젊은 피 끓게 하여 사일구가 일어났다

말이 농주지
공돌이도 장돌뱅이도
젊었을 때 한가락 하던
주먹패거리들까지도

한잔 마시며 하는 말이
세상에 이렇게 시원한 맛이라니
감탄을 연발하며
일배일배 우일배라

오랜만에 다시 보니 반갑기 그지없다
백성의 마음같은 막걸리 잔 높이 들고
"푸른별 우리의 생활터전
지속 가능 지구 환경"
다 같이 외쳐보세

abh

비

비가 내린다
회색빛
하늘에서
보슬비가 내린다

누군 말한다
눈물방울같은 보슬비라고
그래서
비를 보면
슬퍼진다고

나에게 비는
그리움이다
짠한
옛사랑의
황홀한
그리움이다

코스모스를 노래하는 님에게

살살이꽃
코스모스가 필 때쯤
세상은 풍요롭고
마음에는 평화가 오는 계절

누구와도 정담을 나누고 싶고
만나는 사람마다 친구가 되고 싶은 계절
그래 코스모스 꽃은
반가운 정령같은 꽃이다

산수를 살아오는 동안
코스모스 꽃이 피면
가을걷이로 추석명절로
풍요로움이 같이 했는데

요즈음 세상살이가
느닷없이 타임머신을 타고
사오십 년은 뒤로 밀려와 버렸는지
주변은 온통 깜깜한 어둠이다

공자님 말씀 王之王 臣之臣 民之民이면
살맛나는 세상이라고 하였는데
뭣 눈에 뭣만 보인다고
포청천 눈에는 죄인만 보이는지

눈만 뜨면 하는 일이
죄인 닦달하는 일 뿐이네
AI가 시를 읊고
3D 프린터가 집도 짓고 요리도 하는 세상

세상 다스리는 일도
당연히 새롭게 달라져야 할 터인데
유효기간 다 지나 폐기처분된 것들을
다시 꺼내 들어 휘두르고 있으니

결실의 계절이 왔는데도 가슴은 답답하고
숨이 막혀 살 수가 없을 지경이다
정령의 꽃이여!
언제쯤 우리에게 풍요로운 계절을 데리고 오려나

pyg

아내 생일

오늘 생일을 맞는 당신께
일흔여덟 송이 장미를 드립니다
함께 살아온 지 오십하고도 일 년째
무던하게 살아온 것이 다행스럽습니다

딸 하나 아들 둘 시집 장가 다 보냈고
다들 아들 낳고 딸 낳고
즐겁게 살고 있으니
우리가 할 일은 다 한 것 같고

큰 병 앓지 않고 지금까지 살아 있으니
하느님께 고맙고 감사드리며
남은 인생도
물처럼 바람처럼 살아갑시다

가을 아침

단풍이 곱다
계곡의 물소리도 시원스럽다
일찍 먹이 찾아 나선
새의 날갯짓도 아름답다
하늘은 끝없이 높고
눈부신 태양은 세상을 비추는데
솔잎 끝에 매달린 아침 이슬
억겁 적막이 흐른다

오늘 하루

엊저녁부터 먹구름 몰려오더니
소풍가는 날 아침부터
비가 내린다

비에 젖은 숲속은
포근한 엄마 젖가슴같이
마음이 시리다

몸은 땀에 젖어 무거웠으나
비오는 숲길
걷는 발걸음은 잠자리 날개처럼 가볍다

내일 모레 걱정일랑 묻어두고
오늘 하루 상락常樂처럼 살라고
비둘기 한 마리 수면 위를 가로지른다

pyg

폭염

용광로의 쇳물 같은 열기다
이젠 몇 일 이라고 세는 것조차
잊어버린 지 오래다
초록별이
정신이 나갔는지
태고적부터
이랬던 적이 없었는데

오늘도 아침부터
찜통이다
머리 속은
멍 때려 텅 빈 것 같고
지구온난화 시대가 가고
열대화가 시작되었는가

더위를 이기는 온갖 것을 동원해 본다
부채 선풍기 얼음물 에어컨 모시적삼 죽부인
그래도 감당이 불감당이다
방도가 없다
어쩔 수 없이 견디는 수밖에
마침내
선경이 눈앞이다

앞산에 오르다

이른 새벽
마알간 기운으로
혼자
산에 오른다

무더위가 극성인
칠월이지만
숲속의 공기는
싱그럽다

어제 내리던
비구름이
아직도
하늘에 남아있어도

앞산 산중턱에 서서
우리가 사는 동네
그 안의 희노애락을
손 위에 올려놓고

가슴을 아프게 했던 슬픔도
애타게 그리워했던 사랑도
바람처럼 물처럼
그렇게 가는 것을

세속에 찌든 먼지
기쁨 노여움 슬픔 즐거움 모두 훌훌
봄바람
꽃비처럼 날려 보내자

쪽빛 바다

무더위에 숨 막히던
오후 팔월의 숲
천둥 번개 요란하게
쏟아져 내린 소나기
말끔히 닦인 면경같은 산천
푸른 하늘
초록 바다
시원한 바람 한줄기

pyg

가을비

비가 내리고 있다
그것도 한가위가 내일 모레인데
비가 오고 있다
촉촉하게 조용히 내리는
산길을 걷고 있다
가을이 시작되는
구월 중순 어느 날 아침에
젖은 산과 은밀히 포옹한다

pyg

채홍彩虹

하늘에 곱게 수놓은
빨주노초파남보
사랑스런 무지개

이보다
더 아름다운 것이 있을까
너는 바로 구원이다

미래의 꿈을
이어줄
천상으로 올라가는 신비스러운 길이다

탁족

다산선생 피서는
탁족이 으뜸이라

산사 계곡물에
발을 담가 보았더니

골바람 한풍이고
청솔 가지위에 백설이 분분하네

pyg

하목정霞鶩亭

하목정 배롱나무 꽃 유명하다고
무더위 무릅쓰고 백리 길을 달려갔더니
꽃봉오리 오밀조밀 부풀었지만
십여 일 있어야 꽃 잔치 열린다네

하목정 뒤로 올라 불천위 사당에 서니
저 멀리 가야산은 구름 속에 아련하고
낙동강 푸른 물 성주대교 감쌌구나
옛 풍광 더듬어보니 온통 선경일세

하목정 깊은 인연 능양군綾陽君 은덕으로
이어단 부연附椽 모습 단정하기 그지없고
'헤어진 벗에게 보내는 마음'
한없이 평화롭네

pyg

마지막 남기고 가야하는 것

우리가 저 세상으로 떠나갈 때
입고 가는 수의에는
주머니가 없습니다
동전 한 닢 사랑 한 톨
가지고 갈 수 없습니다

이 세상에
무언가를 남겨놓고 가게 됩니다
어떤 것을 남겨놓으면 좋을까
벌이 꿀을 찾듯 개미가 먹이를 찾듯
골몰히 생각해야 합니다
우리를 이어 살아야 하는 자손들에게
조금이라도 도움이 되는 것이면 좋겠다고 생각합니다

봉은사 판전 앞에 섰습니다
추사가 돌아가시기 삼일 전에 썼다는 현판이 붙어 있습니다
사람이 죽을 때는 아기가 된다고 합니다
그 만큼 순수하게 된다는 뜻입니다
후대 학자들은 이 글씨를 동자체라고 부릅니다
아무런 욕심도 없고 바람도 없는
어린이의 마음 같은 글씨라는 뜻이라 붙인 이름입니다

끝이 좋으면 다 좋다는 속담처럼
금수저로 태어나 파란만장한 인생을 살다가
외롭고 고달픈 말년에 남긴
추사의 마지막 작품
판전이 있기에
그의 인생은 더욱 빛이 나게 되었습니다

추사처럼
이 세상에 남기고 갈 것이 있다면
내 삶 또한 값진 것이 될 터인데
판본을 쳐다보고 있는
산수 노옹 한숨소리
무거워 땅이 꺼집니다

pyg

하루 시작하기

우리는 항상 아침에 일어나
하늘을 한 번 처다 봐야만 한다
기杞 나라 사람들처럼
하늘이 무너질까 봐가 아니라
하늘에는
하느님이 계시기 때문이다
오늘도
우리가 믿는
하느님의 말씀에
조금이라도
더 가까워지기 위하여
하늘 한 번
처다 보고
오늘 일을 시작한다

pmh

사진

박용구(pyg)

안병호(abh)

이채문(lcm)

박명희(pmh)

동진(dongjin)

권기원(kkw)

김복규(kbk)

김충희(kch)

박지혁(pjh)

송원섭(sws)

장영권(jyg)

조성자(csj)

주경숙(jks)